24. März
Katz oder Maus
CANAL+

HANNS ZISCHLER

Lady Earl Grey

PINSELZEICHNUNGEN HANNO RINK

ARCHE
PARADIES

Für Julian, Katharina, Lea und Naya

An einem klaren Wintermorgen ging ich noch ein wenig schlaftrunken die rote Holzstiege zu meiner Bibliothek ins Souterrain hinab. Verdutzt blieb ich stehen. In einem fahlen Lichtstreifen saß mitten auf der Treppe eine Maus. Sie hob den Kopf und blickte zu mir auf. Ihr Schwänzchen, das war deutlich zu sehen, war ein wenig verbrannt. Ihr Fell, wie es schien, makellos und glänzend. Sie war wohlgenährt. Sie rührte sich nicht und wartete, was auf sie zukam.

»Wie heißt du?«

»Guten-Abend-Guten-Morgen-Adieu-und-Auf-Wiedasehn!«, gab sie zurück und begann sich zu putzen.

»Guten Morgen«, flüsterte ich fast entschuldigend.

»Lady Earl Grey – und Er?«

»Er? – ich, Russla.«

»Russ-la? Seltsamer Name. Nie gehört. Warum setzt Er sich nicht?«

Ich genierte mich wegen unserer sehr unterschiedlichen Körpergrößen. Schließlich bückte ich mich ein bisschen linkisch.

»Ich hatte dich hier nicht erwartet«, sagte ich.

»Wo hätte Er mich denn erwartet?«

»Nun ja, gestern warst du noch – «

»Gestern! Yesterday! Wir hatten es Uns gerade im Kaminzimmer zwischen den Birken- und Buchenholzscheiten bequem gemacht, bis eine« – sie hob ein Pfötchen – »Frauenhand einen Fidibus in das Holz geworfen hat. Es hat geraucht und rumort, eine Lanze hat in Unserer Unterkunft herumgefuhrwerkt. Wir mussten fliehen. Es war Brandstiftung! Unser Pelz wurde versengt! – Hier!« Sie zeigte mir eine winzige Brandwunde und ihr angekokeltes Schwänzchen.

»Nun, das Holz lag im Kamin – und dort hat auch eine Lady Earl Grey nichts zu suchen.«

»Ssssso!! Es steht aber geschrieben: *In meines Vaters Haus sind viele Wohnungen!* Und die Greys wohnen hier schon sehr viel länger als Er und Seine Brandstifterin. Meine Urgroßmutter, Rosalind Duchess of First

Flush, hat mir von einem Häuschen hier im Haus erzählt, in dem sie lange Zeit gewohnt hat. Wenn man die Hausfront abnahm, konnte man gleichzeitig in Wohnzimmer, Esszimmer, in die Küche und zwei Schlafzimmer schauen. Warum ist das nicht bei allen Häusern so? Wie viel aufregender, als durch den Schlitz einer Tür auf eine ärmliche kleine Diele mit einem Hutständer und zwei Schirmen zu gucken! Und ich frage Ihn nun, wo ist –«

»Nu mach mal halblang«, entfuhr es mir, und ich beugte mich nun doch etwas weiter zu ihr hinab.

»Warum unterbricht Er mich?! Und als Wir Uns in Unsere Gemächer im Schrank zurückziehen wollten, um dort ein wenig in alten Zeitungen zu blättern, ruft dieselbe Frau aus: ›Huch! Eine Maus!‹ – als würden Wir jedes Mal, wenn Wir eines Menschen ansichtig werden, ›Huch! Ein Mensch!‹ kreischen. Aber« – sie stellte sich auf ihre Hinterbeinchen und schnupperte in meine Richtung –

»Er duftet ja nach Bergamotte! Steht Er immer so früh auf?«

»Manchmal, warum fragst du?«

»Es könnte ja sein, dass Er einen Quengel, einen Schmarotzer im Haus hat, den Er in der Frühe füttern muss, weil das Biest zu faul und zu dumm ist, sich selbst das Fressen zu besorgen, das könnte doch sein?«

»Könnte. Ist aber nicht.«

Ich blickte über sie hinweg auf das Ende der gewendelten Treppe und überlegte, wie ich unbehelligt weitergehen und in meine Bibliothek gelangen könnte.

Sie folgte meinem Blick, kringelte sehr beiläufig das Schwänzchen ein und hauchte: »Bitte sehr.«

Sachte schlich ich mich vorbei.

»Moment mal, Mussjöh! Was liest Er da gerade?« Sie deutelte mit ihrem Schwänzchen auf einen schmalen blauen Band, der aus meinem Morgenmantel hervorlugte.

»*Das Kummerfell.*«

»Balzac! Wie honorig! Wir verehren ihn. Meine Vorfahren mütterlicherseits, ehemalige Refugiés, haben in seiner Wohnung gehaust. Den Marquis de Choucroute, Er wird von ihm gehört haben, erwähnt Balzac mehrmals, und die Maîtresse des Marquis, Élisire de Cassecroûte! Nicht zu vergessen La Négresse, die Kaffeemaus! Mussjöh Honoré lebte in einem überwältigenden Kruscht. Ganze Lawinen von Papier! Sie haben das sehr zu schätzen gewusst. – Eine feine Schwarte, *Das Kummerfell*, aber nach Unserem Geschmack ein bisschen naja –«

»Geschmack? Kannst du denn lesen?«

»Ob Wir lesen können?! Es gibt ja noch etwas anderes als Leseratten in der Welt! Unser Volk hat sich ganze Bibliotheken einverleibt. Alle reden von Alexandria … Von Uns spricht keiner – oder nur verächtlich. Geschriebenes wie Gedrucktes, Wir schrecken vor nichts zurück.
In Papierdingen sind Wir buchstäblich Allesfresser. Leider, das wollen Wir nicht verhehlen, sind Wir kürzlich in Seiner Bibliothek auf eine Geschichte gestoßen, die Wir, wie sagen Wir gleich, emilinieren mussten: *The Hanging of the Mouse*, von einer Frau Bishop. Eine scheußliche –«
»Aber das ist Zensur!«
»Das ist Notwehr!« Und nach einer vollendeten Kunstpause fuhr sie fort: »Ich könnte Ihm ja einmal, sofern Interesse besteht, erzählen, wo Unsere Vorlieben angesiedelt –«
»Angesiedelt?«, fiel ich ihr ins Wort, »ja doch, natürlich. Wo denn?«
»Handschriften! Handschriften lieben Wir über alles. Tinte! Pergamente! Drucke auf Japanpapier! Es hat einen bittersüßen Beigeschmack, wie duftender Reis, da geht nichts drüber!« Sie geriet ins Schwärmen.
»Aber behaltet ihr auch, was ihr lest – oder fresst?«

»Aber ja, nur wer das Gedruckte frisst, behält es auch. Wir verarbeiten und verdauen es und geben's der Welt wieder. Woher glaubt Er denn, dass die winzigen *foodnotes* stammen, von denen es in vielen Büchern nur so wimmelt? Und das Kleingedruxte? Das Er verächtlich Mäusedreck nennt? Und die vielen, vielen Dreckfehler?! – Ob Wir lesen können!«

Mit einem Blick auf den grauen Filz meiner Gartenpantinen am Fuß der Treppe flüsterte sie: »Mäusetöter, Schwerenöter!«

»Das will ich nicht gehört haben«, sagte ich im Weitergehen.

»Ja, will Er nicht, will Er nicht, Er hat's aber gehört!«, rief sie hinter mir her, während ich die Treppe weiter hinabstieg.

»Im Gegensatz zu den Katzblagen sind Wir ein erlesenes Volk. Anders als diese Mümmel, Miezel und Snusebus und wie sie alle heißen! Wenn man diesen Faulenzern vorliest – Wir haben es selbst in vielen Salons mit eigenen Augen beobachten können, und Wir entsinnen Uns dessen mit Empörung! –, schlafen sie auf der Stelle ein. Und fragt man sie später, wie es ihnen gefallen hat, hört man nur ein zergähntes ›Hab-ich-glatt-vergessen‹, sie machen schöne Augen und schnurren dummes Zeug.«

Ich wandte mich ihr noch einmal zu – wir waren jetzt auf gleicher Augenhöhe. Sie lächelte, strich sich die Barthaare.

»Will Er hier stehen bleiben?«, sagte sie und blickte an mir vorbei auf die Tür, die zum Garten führt.

›Klack!‹ ging das Treppenlicht aus.

Schemenhaft zeichnete sich im Dämmer ihre Gestalt ab, matt schimmerte ihr Fell.

»Na endlich! Wir mögen diese grellen Lampen nicht. Sie machen alles unbunt, und selbst das schönste Grau –«, sie zögerte.

»Ja?«, setzte ich nach.

»Die Nacht ist immer Nacht, das weiß doch jedes Kind, der Tag ist nie der gleiche«, sagte sie in die dämmrige Luft und tat dabei ein wenig geheimnisvoll.

»So hab ich das noch nie gesehen«, murmelte ich.

»Ja, weil Er immer alles gleich sehen will. Selbst nachts! Das ist Sein Irrtum!«

»Sofern Licht ist, will ich es sehen«, sagte ich, ohne mich selbst ganz zu verstehen.

»Sofern, sonah und trallala«, rief sie gedankenverloren aus, »immer diese Begründungen, diese Zwecke, diese Ziele! ›Mausgrau ist das wahre Licht‹, sagte Unsere Stiefmutter, The Duchess of Darjeeling. Wir können dieses helle Katzenlicht nicht ausstehen.«

»Aber es heißt doch: ›In der Nacht sind alle Katzen grau‹?«

»Das hätten die gerne. Auf bescheiden machen. Und Ihr fallt darauf rein. Nur weil sie Euch schön tun und mit ihren Bernsteinaugen plieren. Das wahre, das Königsgrau gehört Uns allein – und der Mönchsgrasmücke!«

»Und warum der?«

»Dumme Frage! Weil sie sich ins Graue schmiegt! – Im Dämmer, das weiß doch jede Haselmaus, muss man nicht über seinen Schatten springen!«

»Aber das ist doch nur eine Redensart.«

»Denkt Er!«

»Man *kann nicht* über seinen Schatten springen, deshalb sagt man, um etwas Unmögliches auszudrücken: man *müsste* über seinen Scha–«

»Scha–! Scha–! Unsinn! Nonsens! Unser Großonkel The Big Cheddar *ist* über seinen – und nicht nur seinen! – Schatten gesprungen. Das hat Unsere Stiefmutter mit eigenen Augen gesehen. Es war sehr schwierig, aber Big Cheddar hat es geschafft. Nachzulesen in den Annalen von Gorgonzola. Unsere Stiefmutter hat aber auch nicht unerwähnt gelassen, dass Big Cheddar nicht gut ausgesehen hat – nach dem Sprung. Deshalb: Mausgrau ist das wahre Licht, ›The Real Thing‹, sagte sie. Sie drückte sich immer etwas gequälter, will sagen, gewählter aus als andere.«

»Möchtest du hinaus, in den Garten?«, fragte ich und öffnete die Tür einen Spalt.

»Er möchte Uns zum Fuchs schicken. Wie freundlich.«

»Zum Fuchs? Wie kommst du denn darauf?«

Lady Earl Grey sprach mit einem Mal sehr leise: »Wir haben selbst gehört, wie Er vor einigen Wochen ganz aufgeregt in das Telefon getönt hat, dass ein Fuchs – ›ein leibhaftiger Fuchs, ein schönes Tier!‹, das waren Seine Worte, man fasst es nicht! – hier durch den Garten gestrichen sei. Findet Er das lustig? *Leibhaftig*, was ist das für eine Art zu reden! Und *schön!* Ein Gespenst wird es bestimmt nicht gewesen sein. Die Stadt wimmelt von Vulpes, eine Plage, schlimmer als die Wildsäue. Die sind ja geradezu harmlose Veganer. Wir können nicht mehr in Ruhe draußen nächtigen, allein schon deshalb –«

Sang- und klanglos brach Lady Earl Grey ihre Klage ab und blickte mich neugierig an.

»Es ist ein Angebot, ein Schlupfloch«, sagte ich.

»Man dankt«, sagte sie und sprang an mir vorbei ins Freie. Sie war so leicht, dass sie auf der Schneekruste nicht einsank. In diesem Augenblick war hoch am Himmel, noch ehe

etwas zu sehen war, das lang gezogene Geschnatter der Wildgänse zu hören. Lady Earl Grey richtete sich auf und verfolgte erregt und am ganzen Leib zitternd den Vorbeiflug des weit ausschwingenden Keils.

»Sind das Nachzügler oder Vorboten? Das müssen Wir Uns aus der Nähe ansehen!«, rief sie, kletterte hurtig an meinem Morgenmantel empor und saß auch schon auf meiner Schulter.

»*Hurtig* würden Wir nicht schreiben«, flüsterte sie fast unhörbar und starrte unverwandt auf die ziehenden Vögel, »wie wär's mit *flink* oder *presto!?* Das hätte mehr Schmiss! – Ein Freund ist einmal mit ihnen geflogen.«

»Die Geschichte kenn ich, aber ich wusste nicht, dass Nils Holgersson einen Mäusefreund mit auf die Reise genommen hat. Im Buch steht davon nichts.«

»Es steht zwischen den Zeilen! Man muss eben zu lesen verstehen.

Ihr seid wirklich einfältige Buchstabierer. Schnurrt kreuz und quer über die Seiten, aber die wahren Geschichten entgehen Euch.«

Die Lady betrachtete mich ein Weilchen, unschlüssig, ob sie mir noch mehr erzählen sollte, schließlich ließ sie sich herab, mir ein paar Einzelheiten nachzureichen.

»Er heißt Lütt Mus, vielleicht hat Er von ihm schon gehört? Ein tollkühner Mauser! ›Da droben, Mylady‹, sagte er zu Uns nach seiner ersten Reise, ›da droben weht ein anderer Wind!‹ Ja, das waren seine Worte.«

Sie betrachtete ihre winzigen Spuren auf der Schneedecke. »Übrigens, diese –«, sie stockte, »diese kleinen Türen da in der großen Tür, diese Türchentüren, hat Er –«, sie hielt inne.

»Nein, nein«, sagte ich und wollte eigentlich gar nichts

gesagt haben, aber mein zweites Nein hing arg in der Luft und wollte einfach nicht ungehört verklingen.

»Ja?«

»Ach das, das sind uralte Katzenklappen. Von früher«, sagte ich so nebenbeilich wie möglich.

»Katzenklappen – Jammerlappen«, echote die Maus, »schade um die schönen alten Türen!« Und schon war sie wieder im Haus und saß mir auf der Treppe gegenüber.

»Ja, schade, Mimi wohnt schon lange nicht mehr hier«, sagte ich gedankenlos und zurrte meinen Morgenmantel fester.

»Mimi?!«

»Hast du sie gekannt?«

»Die Rote Bestie?!! Sie hat Unsere Stiefmutter –!«

Wir schwiegen.

Ich wollte jetzt nur noch in meine Bibliothek, fand aber nicht mehr den richtigen Dreh, um mich zu verdrücken.

»Mimi war stark kurzsichtig«, lenkte ich ab und machte ihr vor, wie Mimi einen immer aus der Nähe angestarrt hatte. »Der Tierarzt hat das bestätigt«, dabei berührte ich fast ihre fein geschwungenen Barthaare.

»Komm Er Uns nicht auf die Tour! Die arme kurzsichtige Bestie! Das hat sie aber nicht gehindert –«, Lady Earl Grey deutete mit einer Drehung des Kopfes an, ich solle etwas Distanz wahren. »Ob Wir sie kannten! Sie hat Unsere Stiefmutter und Unseren Großvater auf dem Gewissen. Sie hat sie gefoltert, in die Luft geworfen, gerüttelt und geschüttelt und langsam zu Tode gequält. Es gibt Zeugen!! – Und Er hat sie einfach machen lassen!«

»Nun …«

»Unsere Schwester La Belle Endormie hat mit eigenen Augen gesehen, wie Seine Mimi – dieser kindische Mädchenname! Dabei war der Pelz ein gemeiner Kater! – eine Nachtigall gemeuchelt hat. Zum Schinder mit dieser Kreatur!«

»Tut mir leid!«

Ich spürte, dass ich einen Abgang finden musste.
Draußen war es heller geworden.

»Ach, noch etwas, by the way und à propos, haust Mimi noch hier?«

»Nein, er ist schon vor Monaten von dieser in eine bessere Welt entschwunden – am 8. März 2008.«

»Uns kommen die Tränen! Wie schön! Dann können Wir uns ja hier wieder ein wenig – umtun ...?«

»Nun ...«

»Warum zögert Er?«

»Nun, nicht alle hier im Haus –«

»Keine Bange. Wir sind diskret. Ach – und noch etwas: Er muss mich nicht duzen, believe me!«

Die Hausglocke schellte. So früh am Morgen? Eh ich michs versah, war Mylady in die Tasche meines Morgenmantels gehüpft.

»Nun geh Er schon zur Tür. Er kann ja ein Tuch in Seine Tasche stopfen, damit sich Unser Körper nicht so abdrückt. Und nehm Er Seine Pfoten weg! Please! Er beherrscht doch hoffentlich das Mäuse... Wir meinen das Morsealphabet. Wenn Gefahr droht, morsen Wir Ihm auf seine Bauchdecke!«

»Ich kann nicht morsen ...«

»Was kann Er denn überhaupt?!«

Ich ging die Stiege wieder hoch, schlurfte durch die Küche und den Flur und öffnete die Haustür.

»Gehört die Ihnen?«, rief der Messenger und stolperte

fast über die geschmeidige rote Katze, die zwischen seinen Beinen hindurch ins Haus schoss.

»Nein ...«

»*Hör nicht auf ihn*«, raunzte der Kater, »*der ist vom andern Stamm, er ist ein Mässinschä, er* apportiert, *du verstehst!*«

Und schon war er in der Küche.

Der Messenger war fort, der Rote saß auf dem Küchentisch.

»*Hier oben war ich ja noch nie!*«

»Stimmt – und woher kommst du, und wie heißt du?«

»*Rotpetar – warum fragst du?*«

»Weil ich wissen möchte, wie ich dich anreden soll.«

»*Höhö! Auf Namen geben wir gar nix. Sie bedeuten nix, lächerliches Genamse*«, schwadronierte Rotpetar, streifte durch die Küche und lugte aus der offenen Tür. »*Wow! Ein neuer roter Teppich! Ein original Kratz aus Striegelzwirn!!*«

»Wie unbeschreiblich dumm diese Kerle sind! Haben nicht einmal einen richtigen *Namen!*«

»*Was flüsterst du da?*«, fragte Rotpetar.

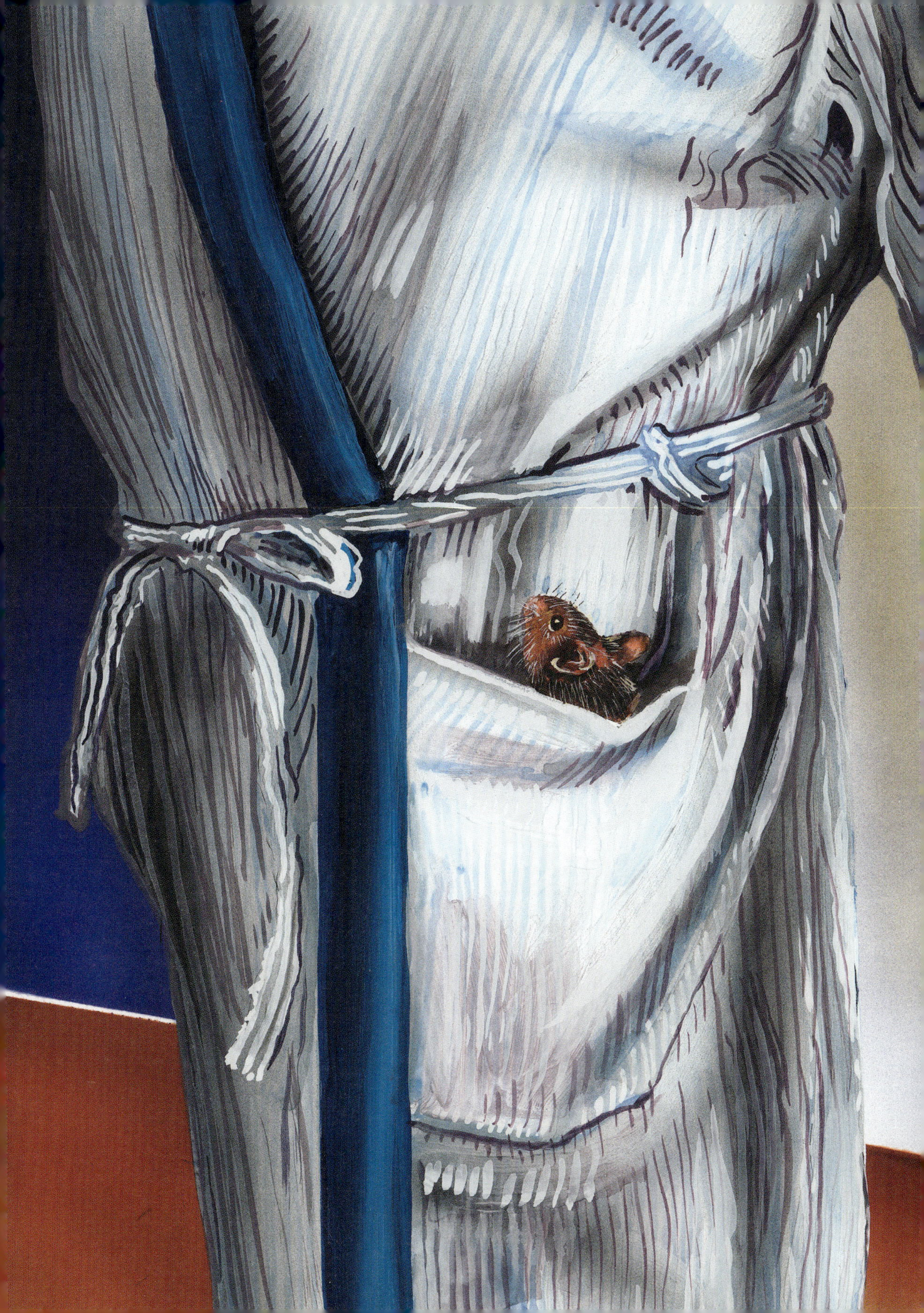

»Dir werd ich gleich was flüstern!«

»Du hörst Gespenster«, lachte ich und stupste Mylady zart in meiner Tasche, zum Zeichen, dass sie besser still sein sollte.

Rotpetar versuchte, sich an mir hochzuhangeln, doch ich konnte ihn sanft abschütteln. »Du haarst, mein Lieber!«

»Dann musst du mich eben bürsten, gnä Herr!«

»So weit kommt's noch!«

Rotpetar starrte jetzt fast grimmig auf die Tasche meines Morgenmantels. Ich ging zum Kühlschrank. »Mal sehen, ob wir was zum Fressen haben!«, sagte ich und schob den gierigen Kater zur Seite.

Er tigerte wieder über den Läufer, zerkratzte demonstrativ mit virtuosen Buckeleinlagen und wilden Twosteps den Teppich und kam schließlich auf der Suche nach neuen Attraktionen in die Küche zurückgetippelt. Wieder auf dem Tisch, schaute er aus dem Fenster.

»*Dieser Schnee*«, sagte er. »*Und du?*«
»Was – und du?«
»*Na, wie heißt du?*«
»Ru–«
Es schellte.
Der Scherenschleifer stand vor der Tür.
»Jo, da bin ich mal wieder. Gibt's was zu schleifen?«
»Sie kommen heute aber sehr früh, Herr Duray.«
»Morgenstund wetzt Klingen rund!«, lachte Herr Duray.
Rotpetar hatte sich an mein rechtes Bein gedrängt und glotzte an meinem Morgenmantel hoch.
»*Gib ihm ein paar alte Messer. Er soll verschwinden. Mach schon*«, mauzte er.
»Sachten Sie was?«, fragte Herr Duray.
»Nein, hab nur laut gedacht. – Einen Augenblick. Ich hole Ihnen Messer und Scheren.«
Rotpetar war auf das Fensterbrett im Flur gesprungen und buckelte vor Herrn Duray. Der betatschte mit seinen schweren Händen den Eindringling.

»Der schmeichelt sich selbst bei seinem Henker ein! Wi-der-lich!«

Rotpetar rief hinter mir her: *»Sag mal, kannst du bauchreden? Hier quiekt doch immer son dämliches Stimmchen dazwischen. Frag doch mal den Wessermetzer – der hat es bestimmt auch gehört!«*

»*Dämliches Stimmchen*, na warte! *Wesser-Metzer!* Wie blöd darf man eigentlich sein in den Cotswolds Hills?! Es ist unfassbar. Für einen Katzlauer machen die …«

Ich kam mit einer Handvoll Klingen zurück und gab sie Herrn Duray.

»Soll das Viech wieder aus dem Haus?«, fragte Duray und war im Begriff, Rotpetar hochzuheben. Das hätte er besser nicht tun sollen. Rotpetar langte einmal kräftig zu und war schon wieder in der Küche verschwunden. Herrn Durays Hand war zerkratzt und blutete ein wenig.

»Tut mir leid«, sagte ich, » so sind die Biester. Er ist gerade erst hier hereingeschneit!«

Herr Duray lachte. »Beim nächsten Mal«, und er hob die Handvoll Klingen hoch, »ich war früher ja Schlachtmeister!«

»Ja, ja! Wetzen soll der Kater. Duray, Duray lebe hoch!«

»Sag ihm, er soll jetzt endlich Leine ziehn – nach Hundeart!«, miaute Rotpetar aus der Küche.

»Wie meinen?«, fragte Herr Duray.

»Ich habe nichts gesagt.«

Herr Duray ging. Wir saßen wieder am Küchentisch. Rotpetar obenauf, ich auf dem Stuhl. Ich schaltete das Radio ein. Es erklang ein kurzes melodisches Zeitzeichen – »Solang der alte Peter …« –, ich summte mit.

»Das wird für mich gesendet – und ich kenn es gar nicht!«, sagte Rotpetar und miaute die Töne unerschrocken nach.

»Katzenmusik!! Nicht zum Aushalten! Wie soll er's auch kennen, wenn er sich nicht einmal seinen eigenen Namen merken kann!«

»Wer von meinen Leuten hat denn hier gewohnt?«, rief Rotpetar aus, stierte auf die Katzenklappe, machte einen gewaltigen Satz und streckte auch schon den Kopf durch die Luke.

»Mimi.«
»*Nein!! Mimi Bonaccione! Der Sonderschüler!*«
»Du hast ihn gekannt?«
»*Na und ob! Er kam ja ursprünglich aus der Baxikylata oder so ähnlich. Hat ein ganz eigenes Katzenwelsch gesprochen. Und mauzen konnte er überhaupt nicht*«, lachte Rotpetar.
»Warum sagst du Sonderschüler?«
»*Na, er war doch, wie soll ich sagen, sehr einfältig. Pazifist. Und kurzsichtig!*«
»War er nicht«, rief ich leicht verärgert. »Es war die liebenswürdigste Katze, die man sich …«
»*Gewiss, Pazifist für die Herrschaften. Im Garten und im Keller aber ein echter Killer. Sein Kampfruf war, warte mal, fällt mir gleich wieder ein, mein Vater hat es mir erzählt, na, so was, – ah ja, jetzt hab ich's: ›Natürliche Mauslese‹!*«
Rotpetar kringelte sich vor Entzücken und wiederholte immer wieder »*Natürliche Mauslese!*«
»Wir könnten den Kerl erwürgen!«, fiepste Lady Earl Grey.
Rotpetar war jetzt schon auf der roten Stiege und blieb plötzlich wie angewurzelt stehen. Er beschnupperte

eine Stelle, betupste sie mit weicher Pfote, umkreiste sie und schlug plötzlich in die Luft, als wollte er etwas fangen.
»*Wer war hier??*« Er starrte mich mit großen Augen an.
»Lady Earl Grey«, sagte ich.
»*Du kennst Lady Earl Grey??!!*«, rief Rotpetar aus, »*du kennst die Königin der Mäuse?!*«
Rotpetar buckelte sportiv und schlängelte sich zwischen meinen Beinen hindurch, um einen neuen Knoten auszuprobieren.
»*Kennen*«, sage ich nach einer etwas zu langen Pause, »*kennen* ist nicht das richtige Wort.«
Mylady zwickte mich am Bauch, ich musste lachen und versuchte, durch ein aufgesetztes Gehüstel die Kitzelei zu überspielen.
»*Was gibt's denn da zu lachen?!*«, knurrte Rotpetar. »*Du hast ja keinen bassen Schlimmer, was du dir da eingehandelt hast! Nie und mimmer spaziert diese Lady allein in deinem Haus herum.*«
Ich knipste das Stiegenlicht wieder an und war entschlossen, endlich meine Bibliothek aufzusuchen.

»Und woher weißt du das?«, fragte ich, schon im Gehen.
»Hör Er nicht auf den Schwätzer«, rief Mylady in meiner Manteltasche, »er hat keine Ahnung. Er tratscht nur weiter, was andere ihm geflüstert haben.«
»*Diese Lady*«, blies sich Rotpetar auf, »*zieht mit ihrer Brut seit Jahren durch die Häuser. Sie schmeicheln den Leuten, nisten sich ein, und wenn's hart auf hart kommt, machen sie auf Flüchtling. Am liebsten schicken sie ein Vonchen ins Rennen.*«
»Ein Vonchen?«
»*Einen Adels-Fitti, eine Aristo-Tussi. Und die gehen mit ihren Histörchen spazieren wie mit einem weißen Sonnenschirm, tun vornehm und behaupten, sie seien alleinstehend. Und selbstverständlich verwitwet! Kaum haben sie dich eingelullt, kapern sie das Haus. Wenn wir da nicht hin und wieder*«, Rotpetar streckte sich, hieb blind in die Luft und fauchte wie ein Papiertiger, »*unsere Pratzen ausfahren!*«
Ich beugte mich zu Rotpetar hinunter. »Das scheint

dich ja sehr zu beschäftigen. Du bist doch viel größer als diese harmlosen Wichte. – Ich glaube fast, aus dir spricht die reine Mordlust.« Rotpetar drehte mir den Rücken zu und putzte sich mit den Hinterpfoten abwechselnd beide Ohren.

»Und noch etwas – du bist doch selber ein Flüchtling. Deine Sippe kommt aus Sizilien, aus Ägypten, aus Persien.«

»*Flüchtling?! – Ich darf kurz mal lachen*«, raunzte Rotpetar und versuchte ein miaulisches Lachen.

»Gut gegeben!«, trommelte die Lady.

»*Mein Vater …*«, Rotpetar legte eine schwere Kunstpause ein, ganz offensichtlich, weil er selbst nicht wusste, wohin der einmal begonnene Satz ihn führen würde, »*… mein Vater kommt aus …*«, er zögerte erneut, »*… aus Sweden!*« Dann schwieg er wieder.

»Interessant – Sweden«, sagte ich.

»Ein Dreckspelz, ein Meuchler. Wir haben ihn einmal aus der Ferne gesehen«, fiepste Lady Earl Grey. »Pass Er auf, was Lügenpeter Ihm jetzt auftischt!«

Rotpetar starrte auf meinen Morgenmantel und kratzte am Saum.

»Er hieß der ›Wikinger‹ oder einfach ›Kinger‹, was ja mehr ist als nur ›King‹, du verstehst, verstehst du?«

»So wie manche heute noch sagen ›Wir sind ein Volk‹ und ›Ich bin Volker‹?«

»Ja, ja, genau so! Kinger war so beliebt, dass der unbestechliche Hotch Potch, der die Nachrufe für ›The Catwalk International‹ schrieb, sich von Kinger einige Passagen für dessen eigenen Nachruf ins Ohr träufeln ließ. Zum Beispiel: ›Dieser große Felide besaß ein ungewöhnlich ausgeprägtes Spingerfitzengefühl! Er verfügte nicht nur über einen ungewöhnlichen Harm – oder war es Harem? Oder Charme? –, sondern war auch bei Naturfreunden sehr beliebt.‹ Oder: ›Seine Ablehnung von Pedimaniküre war legendär!‹ Oder das Schönste: ›Im Felde unbesiegt!‹«

Rotpetar lachte über seine eigenen Worte und musste schließlich niesen, so sehr hatten ihn seine eigenen Kalauer animiert.

»Schwachsinn, dein Name ist Katz«, wisperte Mylady.

Ich blieb wie angewurzelt auf der Stiege stehen: »*Im Felde* hast du gesagt ... Wie hieß noch mal dein Vater – Wiking?«

»*Ja, ›Wiking‹ oder ›Kinger‹, manchmal nannte er sich auch, wenn er besonders gut drauf war, ›Überkinger‹ – warum?*«

»Mir fällt gerade ein, dass ein fetter Rotpelz dieses Namens vor etwa zwanzig Jahren, zusammen mit zweihundert aus England, Norwegen und Finnland angereisten Birdwatchers, in Småland am Rand eines Winterweizenfelds hinter einer Schlehenhecke auf der Lauer gelegen hat, um – eine absolute Sensation! – den Anflug einer Schwanzmeise aus der Kamtschatka zu beobachten.«

»*Schon möglich*«, sagte Rotpetar betont lässig, aber etwas kleinlaut. »*Long ago, Mann.*«

»Und dass dieser ›Wiking‹ oder ›Überkinger‹ vor den entsetzten Augen der Birdwatchers, kaum war die todmüde Meise aus Sibirien gelandet, sie aufgefressen hat!?«

»*War keine Meise, war ein Blutfink, so 'n Gimpel. Kam aber gar nicht aus Sübürrien. Wer will das heute noch so genau sagen ... Oh, da fällt mir ein, ich hab ja noch ein Date mit Pimperfritz, hätt ich glatt vergessen. Immer diese Erinnerungen! Nichts für ungut, gnä Herr, habedieEhre!«*

Er pirouettierte und stolzte auf die Haustür zu.

Es klopfte. »Da bin ich wieder! Alles geschliffen und gewetzt!«, war von draußen zu hören.

Rotpetar machte auf der Hintertatze kehrt, drehte eine weitere Pirouette, raste mit Karacho die Stiege hinunter und hechtete durch die Katzenklappe ins Freie, während ich zur Tür ging.

»Den sind Wir erst mal los!«, war aus meiner Manteltasche zu hören. »Wir kommen mal raus, Wir würden Uns Herrn Duray gern aus der Nähe ansehen.«

Im Handumdrehen war Lady Earl Grey auf meine Schulter gekrabbelt.

»Nun mach Er schon die Tür auf!«

Herr Duray hielt beide Hände mit den blitzenden Klingen hoch. Er starrte mich an.

»Sie ham da eine Maus auf Ihrer Schulter, Herr.«

»Oh, tatsächlich, jetzt, wo Sie's sagen. Sie wohnt hier. Eine Freundin.«

»Ist sie zutraulich?«

»Gewissermaßen.«

Herr Duray trat ein, legte seine Klingen auf den Küchentisch und griff mit seinen dicken Fingern sehr vorsichtig nach Mylady.

Die Dame machte keinen Mucks. Ein winziges Zittern überlief Mylady, als Herr Duray sie in seine Patschhand nahm, doch machte sie keine Anstalten davonzuspringen.

»Die ist aber hübsch«, sagte Herr Duray versonnen und betrachtete die grausamtene Dame in seiner Handfläche, während Lady Earl Grey ihn unverwandt anblinzelte. Der Mittelfinger seiner freien Hand glitt zärtlich schwebend über den Rücken des Mäuschens.

»Sie ist ja auch eine echte Lady«, sagte ich, als würde dies irgendetwas erklären.

»Verstehe«, murmelte Herr Duray und setzte das kleine Wesen wieder auf meine Schulter.

»Er sieht genauso aus, wie Wir ihn Uns vorgestellt haben«, flüsterte Mylady mir ins Ohr, während Herr Duray alle Messer und Scheren auf dem Tisch ausbreitete und die geschliffenen Zentimeter auf Heller und Pfennig umrechnete.

»Das ist also Seine unterirdische Bibliothek«, sagte die Lady, als wir die Stiege wieder hinuntergingen und endlich unten angelangt waren. Von meiner Schulter blickte sie wie ein Maat im Ausguck in meinem Zimmer herum.
»Ein Fenster nach Sonne, ein Fenster nach Mond, in der Mitte die Tür zum Garten und dazwischen nichts als Schwarten. Kann Er nicht ein wenig näher treten, damit Wir die Titel lesen können? Müssen Wir darum bitten?«
Ich stand sehr dicht vor einem Bücherregal, wie ein kurzsichtiger Schüler. Ich fühlte mich unbehaglich und wollte in dieser Haltung unter keinen Umständen von anderen gesehen werden.
»Er kommt sich wohl komisch vor, nur weil Er einer kleinen Maus zu Diensten ist!? Wir fallen Ihm doch nicht etwa zur Last?«, lachte sie.

»Nei-nein. Das nun nicht«, sagte ich. »Es ist nur …«
»Schlag Er doch einmal den Grandville auf. Hier, vor Seiner Nase!«
Ich zog den großen Band aus dem Regal und öffnete aufs Geratewohl das dicke Buch. Es zeigte ausgerechnet die Katze, die mit ihrem Kescher Schmetterlinge fängt. Ich wollte schnell weiterblättern …
»*Mó-ment! Hier hat Er es, schwarz auf weiß!*«, sagte Lady Earl Grey und ließ ihre Stimme ein wenig tremolieren.
Das Telefon klingelte. Ich stellte das Buch zurück und setzte die Dame auf die Bücher.
»Du musst entschuldigen!«
»So früh! Wir denken, da muss Er nicht rangehen. Zudem finden Wir es sehr unhöflich, Unser Gespräch nur wegen eines Klingeltons einfach zu unterbrechen. Wie es überhaupt klüger ist, das hat Big Cheddar immer wieder gesagt, telefonieren zu lassen.«
Das Telefon bimmelte weiter.
»Telefonieren lassen?«
»›Mensch!‹, hätten Wir fast gesagt, ›müssen Wir Ihm denn alles erklären?‹ Man betraut Angestellte, Domestiken oder Diener damit, den Hörer abzunehmen, um den Anrufer, der ja in der Regel, wie sich jetzt wieder

einmal bestätigt, ein Störenfried ist, abzuwimmeln. Kommt Er sich nicht albern vor, vor dem Gebimmel strammzustehen und alles stehen und liegen zu lassen, nur um – «, die Lady geriet in eine kleine Wallung, doch von einem Augenblick auf den andern hatte sie das Interesse an diesem Thema verloren.
»Sie wünschen?«, sagte ich in den Hörer.
Lady Earl Grey lachte leise auf und machte meine Stimme nach: »Sü wünschön?« Ich deutete ihr mit dem Zeigefinger an meinen Lippen an, sie solle leise sein, doch sie quiekte noch einmal: »Sü wünschön?«
»Hast du sie noch alle?« – der Lautsprecher des Telefons war eingeschaltet, sodass Lady Earl Grey jedes Wort mithören konnte. »Wie redest du denn: *Sie wünschen?*«, kam es aus dem Hörer. »Hast du Besuch? Da redet doch jemand dauernd dazwischen. Und warum gehst du ans Telefon, wenn du Besuch hast?«
»Ja, ich habe hohen Besuch«, und zwinkerte dabei der Dame zu, »Lady Earl Grey.«
»Haha. Darf ich lachen? Das muss ein lustiger Vogel sein – eine Lady als Earl?«

Ich blickte zu Mylady hinunter, die einen Bleistift wie eine Standarte aufgepflanzt hatte und mit der freien Pfote einen Kreis in die Luft machte, wohl zum Zeichen, dass ich auflegen sollte.
»Das ist eine andere Geschichte. Erzähl ich dir später.«
»Später ist gleich. Du hast offenbar vergessen, dass wir verabredet sind. Wir wollten zusammen auf die Auktion! Heute Vormittag werden Originalzeichnungen von *Krazy Kat* versteigert!«
»Oh, da ist ja auch der tapfere Ignatz dabei!«, rief Mylady dazwischen.
»Teufel auch! Ja, ich beeile mich –«
»Ich hole dich gerne ab. Dann kannst du mich ja deiner Lady vorstellen.« Die Galeristin lachte noch einmal laut auf.
»Nein, du brauchst mich nicht abzuholen. Mit dem Rad bin ich allemal schneller. Bis gleich!«
»Bis gleich – Söör!«
Ich legte auf.
»Na, das wurde aber auch Zeit«, sagte die Lady. »Mit einem solchen

Unsinn die Zeit zu vertrödeln.« Und ohne weiter auf das einzugehen, was sie gehört hatte, schwenkte sie den Bleistift, der sie um mehr als eine ganze Körperlänge überragte.

»KOHINOOR steht da. Wer ist das?«, fragte sie.

»Das ist kein *Wer*, das ist ein *Wo*. Im Märchenland«, gab ich etwas unwirsch zurück. Ich verlor langsam die Geduld, ich wollte mich endlich an meinen Schreibtisch setzen und mich nicht in einem fort in Mäusegespräche verwickeln lassen.

»Im Märchenland«, wiederholte die Lady, »wie interessant! Er will mich abspeisen mit Firlefanz. Und vermutlich steht in diesem Märchenland alles in Zütterlin geschrieben, wie hier …« Dabei setzte sie sich auf eine alte Ansichtskarte, die bis an den Rand mit den gotischen Buchstaben bekritzelt war, und tat, als würde sie die Schrift entziffern wollen: »Wie dämlich, wenn man *Luft* mit *Lust* verwechselt! Und erst dieser Kringel!« – sie deutete auf ein sehr schwungvoll geschriebenes großes Z und huschte mit den Augen quer über die Karte – »Ein einziges Durcheinander! Also …«

INO RINK & RITA MÜHLBAUER 1972

»Es ist aber nicht sehr ladylike, in fremder Post zu schnüffeln ...«

»Hat Er denn auch unter Seinen Ansichtskarten eine von den Unsrigen?«, wollte Lady Earl Grey wissen und linste auf die Schachteln mit den vielen Karten.

Ich griff hinein und zog eine Karte mit zwei Mäusen heraus.

»Oh, das sind ja Mijnheer Adriaan van Vraatzuchtig mit seiner Gattin Josepha. Ein legendäres Paar. Kamen ursprünglich aus Spanien. Sind in den Glaubenskriegen geflohen. Big Cheddar erzählte, der Maler sei begeistert gewesen, als der Amsterdamer Hoog Muisraad ihm den Auftrag erteilte. Es gilt neben der *Nachtwache* als das bedeutendste –«

Doch schon hatte etwas anderes ihre Aufmerksamkeit erregt und die Postkarte wieder vergessen lassen: »Das hier!«, rief sie und berührte vorsichtig die Computermaus, und sofort flitzte der Cursor über den hellen Bildschirm. »Was ist denn das?!«

»Das ist«, ich zögerte kurz, konnte aber den angefangenen Satz nicht einfach unausgesprochen lassen, »das ist, das heißt – also in der Fachsprache nennt man das eine *Maus*.«

»Eine was? Eine Maus!?«

Lady Earl Grey konnte sich nicht beruhigen. »Wenn das eine Maus ist, Mussjöh, eine Maus, wie Er sagt, was sind dann Wir!?«

»Dieser Steuerungs-, äh, -modul, ich meine -körper heißt ja nicht nur wegen seiner eleganten Form so, sondern auch, weil er große Intelligenz verkörpert – wie die Mäuse!«

Mylady blickte mich lange an, dann seufzte sie: »Nun gut. Aber man hätte Uns wenigstens fragen können!«

Vor dem Fenster in einem Futterrondell machte sich ein Grüner Hänfling recht laut bemerkbar. Mit Hastuwasglaubstdunicht hüpfte die Lady über Bücher, Karten und Rechner und landete auf dem Blechteller der Briefwaage, die etwas erhöht auf dem Fenstersims stand.

Aufgeregt wippend äugte sie zur Futterstelle hinüber, wo der Hänfling sich mit einer fetten Amsel um die Körner stritt. Die Amsel hatte sich wie eine Glucke aufgeplustert und auf das Futter gelegt, als wollte sie es ausbrüten.

»Hier!«, rief Lady Earl Grey, »hier unten wohnt Miss Hazel!«

»Miss Hazel?«

»Miss Penelope Hazel, die Singmaus. Eigentlich, das heißt früher, wohnte sie auf einer Wanderdüne. Sie schwärmt noch heute vom Strandhafer und von den Heckenrosen, den Hagebutten und Heidelerchen. Aber so eine Wanderdüne ist launisch, sagt sie, und unheilbar windsüchtig. Sie lässt auch nicht mit sich reden wegen einer festen Bleibe. Immer ist sie unterwegs und vertröstet einen auf ruhigere Tage. ›Wir reden darüber, wenn der Wind sich gelegt hat‹, sagt sie, erzählte Hazel. Aber der Wind will sich gar nicht legen, wohin denn auch?! Der macht sowieso, was er will. Man kriegt einfach keinen Boden unter die Füße, sagt Miss Hazel, obwohl so eine Düne viele Schlupflöcher und Höhlen hat. Wenn die Erinnerungen mit Hazel durchgehen, und das kann sehr schnell passieren, ahmt sie den Gesang der Heidelerche nach: *Düdloll lüloll düie diüie* – schon mal gehört?«

»N-nein. Ich kenne nur die Feldlerche.«
»Auch hübsch. Ihre Kusine. Miss Hazel kann beide nachmachen.«
Zusammen starrten wir aus dem Fenster, doch konnte ich nichts entdecken.
»Na hier! Unter der Linde! Er braucht nur sieben Mal ans Glas zu klopfen, dann –«, und schon trommelte sie mit einer Büroklammer an die Scheibe.
Der Hänfling stob davon, die Amsel torkelte kreischend in den Nachbargarten. Ein Lüftchen kitzelte die welken Hortensienköpfe. Nichts regte sich.
»Und was ist eine *Singmaus*, bitteschön?«
»Was ist eine Singmaus!?«, wiederholte Mylady sichtlich ungehalten. »Wie der Name sagt – und den hat sie von Studienassessor Emmanuel Schacht persönlich –, ist sie eine der wenigen echten Sänger in Unserem Reich –«
»Ich dachte, die gefiederten Freunde –«, unterbrach ich sie.
»In *Unserem* Reich. Und da gibt es nur wenige. Miss Hazel ist eine der besten. Ihre Vokalisen sind legendär. Selbst die Mönchsgrasmücke –«
»Nu mach mal halblang, du wirst doch den Gesang

der Grasmücke nicht mit …«, doch ich spürte, dass dies nicht der richtige Augenblick war, über musikalische Geschmacksfragen zu streiten. »Möchtest du vielleicht ins Freie? Am Ende zeigt sie sich, wenn du die paar Schritte zur Linde gehst.«

Lady Earl Grey räusperte sich kurz, als wollte sie etwas sagen, verkniff sich aber den Satz und sagte dann kurz angebunden: »Ob Er mich begleiten mag?«

Eigentlich hätte ich endlich für mich sein wollen, aber ein kleiner Gang durch den Garten am Morgen, warum nicht?

Ich öffnete die Verandatür. Die Lady blieb auf der Schwelle stehen. Sie blickte sehr vorsichtig auf die dicke Schneedecke und die entlaubte Quitte mit ihren verschrumpelten Früchten.

»Da!«, schrie sie und deutete auf die schwarzen Federn, die unter der Quitte auf dem Schnee lagen.

»Miss Hazel hat es Uns erzählt, Wir haben es ihr nicht glauben wollen. Der Bussard – ah, da kommt sie selbst. Sie kann es Ihm gleich selbst berichten.«

Am Fuß der Linde regte sich ein Blatt. Aus dem Wurzelwerk schnurrte eine hellbraune Zwergmaus hervor, raste über den Schnee und verschwand, ehe ich sie noch richtig gesehen hatte, in einem Loch im Rosenbeet.

»Penelope!«, pfiff Lady Earl Grey, »sei kein Frosch, komm raus!«

Nach einer Weile kam die Angerufene heraus, sie war nicht einmal halb so groß wie ihre Freundin. Sie deutete einen vagen Knicks vor Lady Earl Grey an, verharrte aber, von einer Krähenfeder fast verdeckt, in gehöriger Entfernung von uns.

»Wos gips?«, fragte sie. Sie sprach wispernd und schnell, verschluckte jedes zweite Wort und schien immer wieder den Faden zu verlieren. Lady Earl Grey tat, als überhörte sie es.

»Hazel, du hast doch mit eigenen Augen gesehen, wie der Wespenbussard die Krähe Caroak hier unter der Quitte massakriert hat – das hast du doch? Wie er mit der Krähe in seinen Klauen hier heruntergerauscht ist und sie mit seinem Schnabel zerhackt hat, nicht wahr? Und wie er alles aufgefressen und nichts übrig gelassen hat als die Federn, das hast du doch selbst gesehen? Erzähl doch mal, Penelope.«

Die Angesprochene blickte mit ihren Perlmuttäugelchen geistesabwesend zu mir herüber und flüsterte:

»Werisser no derdo?«

Mylady deutete kurz auf mich und sagte so beiläufig wie möglich: »Das ist Mussjöh Russla. Wir handeln gerade einen neuen Pacht- und Mietvertrag aus. Da ist auch für dich was drin.«

Noch ehe ich protestieren konnte, zischte die Lady:

»Pss-ssst!!! Miss Penelope ist noch immer très choquée. Dieses Gemetzel, ganz ensetzel!«

»Duweißja, wirsinnänur dreihunner ...«, sagte Miss Hazel und tippelte in die Lindenhöhle zurück.

Ich war drauf und dran, Lady Earl Grey einfach vor die Tür zu setzen, doch eh ich michs versah, war sie schon wieder in meine Seitentasche gehüpft.
»Es ist empfindlich kalt hier draußen«, sagte sie und deutete ein papierenes Hüsteln an, »das müssen Wir schon sagen. Wir glauben, Er hätte Miss Hazel nicht wecken sollen.«
»Also nun mal raus mit der Sprache: Was willst du? Was faselst du von Miet- und Pacht-?!«
Lady Earl Grey sprang auf den Schreibtisch und machte eine beschwichtigende Geste: »Wie das klingt: *Raus mit der Sprache!* Wo soll sie denn hin, die Sprache? Die Sache ist sehr einfach. Mit dem Sommer kommen die Ameisen. Und wie der Name sagt: en masse! Und sie werden, wie schon im letzten Sommer und alle Sommer davor, Sein Haus von unten bis oben heimsuchen. Da hilft kein Backpulver und kein Kammerjäger – der schon gar nicht! Wir aber kennen ein Mittel, weil Wir die Ameisen kennen.«
»Entschuldige mal«, ging ich dazwischen, »aber eben hast du noch von Miet- und Pacht-«

»Dito, dito!«, unterbrach mich Mylady. »Die Ameisen, das weiß Er nicht, wurden vor zig und aberzig Jahren in die Große Maloche versetzt, so steht es droben geschrieben. Mit anderen Worten, sie müssen ihre Bahnen ziehen und werkeln und bauen und schuften, und nichts kann sie davon abbringen. Es sei denn, jemand kennt den Zauberspruch, der sie aus der Großen Maloche erlöst oder sie ablenkt. Versteht Er?«

Ich schüttelte den Kopf, ich konnte ihr nicht mehr folgen. Erschöpft setzte ich mich an meinen Schreibtisch.

Die Lady kramte in meinen Papieren und holte aus einem Stapel zwei uralte Zigarettenblättchen heraus. Mit einer abgebrochenen Bleistiftspitze kritzelte sie mit ihrer unlesbaren Mäuseschrift etwas auf die Papierchen und schob sie mir unter die Nase.

»Er braucht nur zu unterschreiben. Die Einzelheiten regeln sich von selbst – alles Weitere ein Bundesgesetz.«

Die Augen fielen mir immer wieder zu, als ich unterschrieb; undeutlich sah ich die Lady am Rand des Schreibtisches auf und ab tippeln, aus weiter Ferne hörte ich ihre triumphierende Stimme: »Er räumt Unserem Volk übers ganze Jahr – und während des Winters auch der Wählergemeinschaft der dreihundert Zwergmäuse – uneingeschränktes und warmes Bleiberecht in allen Räumen seines Hauses ein. Er sorgt dafür, dass Unsere natürlichen Feinde nicht ins Haus kommen. Wir Unsererseits werden dafür sorgen, dass die Ameisen fortan einen Bogen machen und auf anderen Straßen, fern von diesem Haus, ihrem Tagewerk nachgehen. Zum Dank führt Unser Volk einmal im Jahr – im Kaminzimmer vor geladenen Gästen – eine Tanzrevue mit fast geräuschlosen Stepptänzen und ein Vokalisensolo von Miss Penelope Hazel auf. Kartenvorbestellungen ab Vertragsbeginn. Keine Presse-, keine Steuer-, keine Studenten- und keine Freikarten, kein künstliches Licht! Für die Musik wird die Combo der *Feathered Friends* sorgen. Katzenmusik und Charivari sind verpönt! Im Frühjahr soll die Revue ›Wenn Herr Du-, wenn Herr Du-, wenn Herr Duray kommt!‹ Premiere haben. Für Speisen und Getränke ist gesorgt. Es wird Emmentaler serviert, mit Gänsewein. Über die Gästeliste aus der Tier- und Pflanzenwelt sollte bald einvernehmlich gesprochen werden!«

Ich war jetzt sehr müde und hörte ihre letzten Worte nur noch undeutlich an mir vorbeirauschen. Ich sah noch, wie Mylady einen Knicks andeutete, als sie die beiden unterschriebenen Blättchen zusammenrollte. Mit einem scharfen Pfiff sprang sie vom Tisch, und im selben Augenblick glaubte ich noch das Getrappel von vielen kleinen Füßchen zu hören.

Die Sonne schien mir ins Gesicht, als ich aufwachte.
Aus dem dunkelroten Laub der Orientalischen Kirsche
träufelte mir die nimmermüde Grasmücke wie eine
Elfe das Zeitzeichen des nahenden Sommers ins Ohr.
Die Verandatür war weit geöffnet, ein warmer Wind
zerteilte die Vorhänge und drängte die geblähten Segel
ins Zimmer herein, die Schatten der Zweige flossen
in schwankenden Gittern über die Nessel.
Durch die Luft segelten, von kleinen Böen verwirbelt,
ich traute meinen Augen kaum, Scharen von Ameisen,
die sich an die Silberhaare des Löwenzahns gekrallt
hatten. Kaum waren sie gelandet, schnurrten sie wie
von einer unsichtbaren Hand gezogen über die
Schwelle.
In der Katzenminze unter den Rosen wälzte sich
betrunken ein herrenloser schwarzer Kater.

Ich stand auf und ging durchs Haus. Die Fenster des Wintergartens waren weit geöffnet, auf den Vorhängen blähten sich die Schatten der Fenstersprossen. In der Pantry welkten die Schnittblumen. Die Quitte blühte, sie war gewachsen. Die Glyzinie rankte sich bedrohlich weit zur Tür herein. Es waren Jahre vergangen, und ich weiß nicht wohin.

Hanns Zischler, geboren 1947, ist als Publizist, Fotograf und Filmschauspieler tätig. Sein in viele Sprachen übersetztes Buch *Kafka geht ins Kino* (1996) und der Essay *Nase für Neuigkeiten – Vermischte Nachrichten von James Joyce* (zusammen mit Sara Danius) fanden große Beachtung. 2010 erschien *Der Schmetterlingskoffer* (mit Hanna Zeckau); im selben Jahr im Alpheus Verlag der Comic *Aus der Nachwelt*, gezeichnet hat ihn Friederike Groß. Zischler wurde mit dem Heinrich-Mann-Preis und dem Deutschen Hörbuchpreis ausgezeichnet. Er lebt in Berlin.

Hanno Rink ist Maler, Grafiker und Illustrator. Er gestaltet die überaus erfolgreiche *Die drei ???*-Serie und hat u. a. *Himmelszelt und Schneckenhaus* illustriert, ein Werk, das als »eines der größten Bilderbücher der letzten Jahrzehnte« (*NZZ*) gilt.

Originalausgabe
1. Auflage

Sämtliche Illustrationen: Hanno Rink, 2012
Druck und Bindung: GGP Media GmbH, Pößneck
Printed in Germany 2012
ISBN 978-3-7160-2676-2

www.arche-verlag.com